RICKY RICOTTA ET SON

ROBOT GÉANT

CONTRE LES MOUSTIQUES MUTANTS DE MERCURE

DAV PILKEY

ILLUSTRATIONS DE
DAN SANTAT

Texte français de Grande Allée Translation Bureau

Éditions
■SCHOLASTIC

POUR A. J, KATIE, JOSH, BECKY
ET ADAM BUTLER
– D.P.

POUR JODI
– D.S.

Catalogage avant publication de Bibliothèque et Archives Canada

Pilkey, Dav, 1966-
[Ricky Ricotta's mighty robot vs. the mutant mosquitoes from Mercury. Français]
Ricky Ricotta et son robot géant contre les moustiques mutants de Mercure/Dav Pilkey,
auteur ; Dan Santat, illustrateur ; traduction de Grande Allée Translation Bureau.
Traduction de : Ricky Ricotta's mighty robot vs. the mutant mosquitoes from
Mercury.
ISBN 978-1-4431-3822-2 (couverture souple)
I. Santat, Dan, illustrateur II. Titre. III. Titre : Ricky Ricotta's mighty robot
vs. the mutant mosquitoes from Mercury. Français

PZ23.P5565Rick 2014   j813'.54   C2014-901864-9

Copyright © Dav Pilkey, 2000, 2014, pour le texte.
Copyright © Dan Santat, 2014, pour les illustrations.
Copyright © Éditions Scholastic, 2001, 2014, pour le texte français.
Tous droits réservés.

Il est interdit de reproduire, d'enregistrer ou de diffuser, en tout ou en partie, le présent
ouvrage par quelque procédé que ce soit, électronique, mécanique, photographique, sonore,
magnétique ou autre, sans avoir obtenu au préalable l'autorisation écrite de l'éditeur. Pour
toute information concernant les droits, s'adresser à Scholastic Inc., 557 Broadway, New York,
NY 10012, É.-U.

Édition publiée par les Éditions Scholastic, 604, rue King Ouest, Toronto (Ontario) M5V 1E1

5 4 3 2 1   Imprimé en Chine 38   14 15 16 17 18

Conception graphique du livre : Phil Falco

TABLE DES MATIÈRES

CHAPITRE UN

RICKY ET SON ROBOT

Ricky Ricotta est un souriceau qui habite Ratonville avec son père et sa mère.

Ricky Ricotta est peut-être le
plus petit souriceau de la ville...

... mais c'est lui qui a
LE PLUS GRAND ami.

CHAPITRE DEUX
À L'ÉCOLE

Ricky et son robot géant aiment
bien aller à l'école ensemble.

Parfois, quand Ricky est en retard, ils s'y rendent en volant pour aller plus vite.

Après l'école, le robot aide Ricky à faire ses devoirs. Le cerveau électronique du robot peut résoudre des problèmes arithmétiques complexes.

Le doigt du robot est muni d'un taille-crayon intégré.

De plus, l'œil droit du robot est
un télescope amovible avec lequel
Ricky peut aussi observer les étoiles.

— Incroyable! dit Ricky. Je vois la planète Mercure, c'est génial!

CHAPITRE TROIS
MONSIEUR MOUSTIQUE DÉTESTE MERCURE!

Mercure est la plus petite planète du système solaire et celle qui est la plus proche du Soleil. Une chose est sûre : là-bas, personne ne se plaint du froid...

Tu n'as qu'à demander à
Monsieur Moustique.
Il habite sur Mercure et
il DÉTESTE cette planète!

Il déteste les longues,
longues journées CHAUDES.
Le jour, il fait toujours plus
de 425 degrés Celsius!

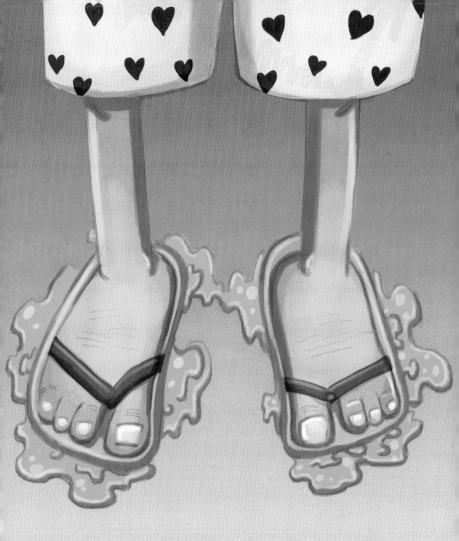

Monsieur Moustique ne peut même
pas se promener sur le trottoir parce
que ses sandales fondent.

Monsieur Moustique déteste aussi les longues, longues nuits FROIDES de Mercure. La nuit, il fait près de 185 degrés Celsius au-dessous de zéro!

Monsieur Moustique ne peut même pas se brosser les dents parce que son dentifrice est toujours complètement gelé!

— Je-je-je dois fireii fia-fia-fia-naller de cette to-to-to-thorrible planète, dit Monsieur Moustique en tremblant de froid.

Puis il regarde dans son télescope et voit les habitants de la planète Terre.

Il voit des souris jouer par une fraîche journée d'automne.

Il les voit dormir profondément
par une douce nuit d'été.

— C'est la Terre qu'il me faut,
dit Monsieur Moustique. Bientôt la
Terre m'appartiendra.

CHAPITRE QUATRE

MONSIEUR MOUSTIQUE ATTAQUE

Monsieur Moustique va dans son laboratoire secret et coupe ses ongles sales.

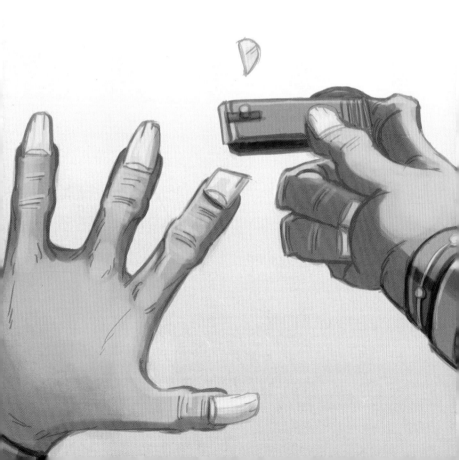

Il met les rognures d'ongles dans une machine géante et projette sur elles un rayon puissant.

Les rognures d'ongles se mettent à grossir de plus en plus...

... et deviennent des moustiques mutants géants. Monsieur Moustique monte à bord de son vaisseau spatial et s'adresse à ses troupes.

— Moustiques mutants, crie-t-il, l'heure est venue de conquérir la Terre. Suivez-moi!

Et ils le suivent!

CHAPITRE CINQ

L'INVASION DES MOUSTIQUES

Après avoir atterri sur la Terre, Monsieur Moustique ordonne à ses moustiques mutants d'attaquer Ratonville.

Cet après-midi-là, Ricky est en plein cours de maths. Il regarde par la fenêtre et voit les moustiques mutants.

— Oh non! dit-il. On dirait que Ratonville a besoin de notre aide.

Ricky lève la main.

— Monsieur, est-ce que je peux sortir de classe? demande Ricky à son enseignant. Mon robot et moi, on doit sauver le monde.

— Pas avant d'avoir fini ton examen de maths, répond-il.

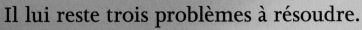

Il lui reste trois problèmes à résoudre.

— Deux fois trois, ça fait combien? se demande-t-il à voix haute.

Le robot de Ricky attend dehors.
Comme il veut se rendre utile, il
se précipite vers le stationnement
des enseignants et en rapporte
quelques voitures.

Le robot empile trois des voitures
les unes par-dessus les autres, puis
fait la même chose avec les trois
autres voitures.

Ricky regarde les piles de voitures.

— *Deux* piles de *trois* voitures, dit Ricky, deux fois trois égale *six*!

Ricky lit la deuxième question.

— Combien font *six* moins *cinq*?

Le robot de Ricky sait
exactement quoi faire.

Il jette cinq voitures sur le stationnement.

— J'ai compris, dit Ricky. Six moins cinq égale *un*!

La dernière question est la plus difficile.

— Combien fait *un* divisé par *deux?* demande-t-il.

Le robot coupe une voiture en deux d'un seul coup de karaté.

— Ça, c'est facile, dit Ricky. Un divisé par deux égale *un demi!*

Ricky remet son examen, puis sort par la fenêtre.

— Allons-y, mon robot, dit Ricky. Nous devons sauver la Terre.

— Ma-ma-ma-ma voiture! crie l'enseignant.

CHAPITRE SIX
L'ARRIVÉE DES HÉROS

Ricky et son robot géant courent vers le centre-ville combattre les moustiques mutants.

Les moustiques attaquent le robot de Ricky.

— Eh! crie Ricky. Quatre contre un, ce n'est pas juste.

C'est alors que Ricky a une idée.

— Viens avec moi, robot, dit
Ricky.

Occupé à se battre, le robot géant ne peut pas suivre Ricky. Mais son bras peut s'allonger aussi loin qu'il le veut.

Ricky et le bras du robot se rendent jusqu'à l'usine d'insecticide Morobibittes.

Ricky dit au bras de s'emparer de l'une des énormes citernes d'insecticide à vaporiser.

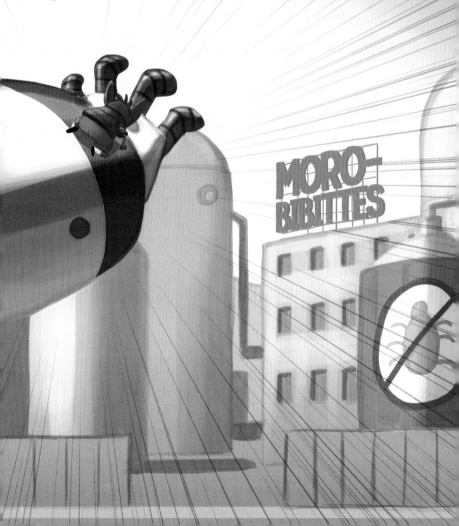

Puis ils retournent au cœur
de la bataille.

CHAPITRE SEPT
LA BATAILLE DES BIBITTES

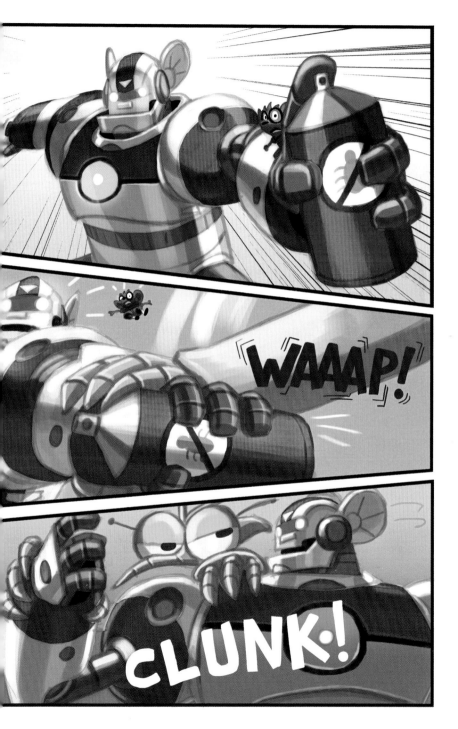

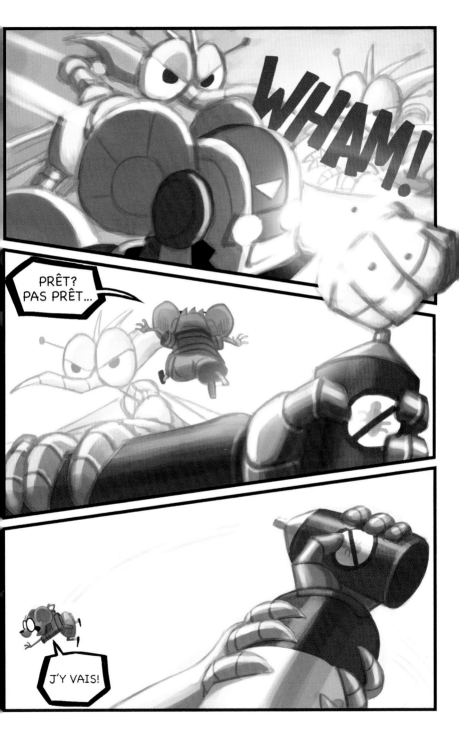

BOUM!

NON-NON-NON-NON!

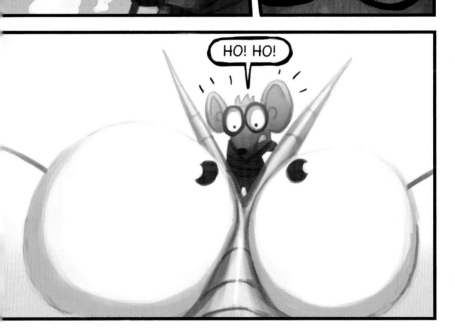

SMASH

BOING

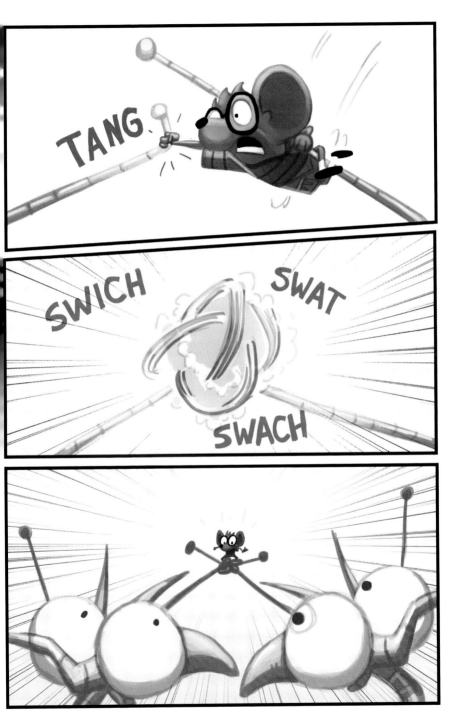

BIZZZ BIZZZ BIZZZ

BOING

NON!

HAAAAA

ALLEZ, ATTAQUE-LES ROBOT!

Le robot agite la citerne d'insecticide.

Ensuite, il pulvérise le produit
sur les moustiques.

Puis, il leur donne un bon coup
de pied de sa botte bionique.

CHAPITRE HUIT

LA REVANCHE DE MONSIEUR MOUSTIQUE

Les moustiques mutants perdent la bataille. Le robot géant de Ricky les pourchasse jusque dans l'espace.

Les moustiques regagnent Mercure et n'embêtent plus jamais personne.

Monsieur Moustique est en colère.

Il attrape Ricky et l'emmène dans son vaisseau spatial.

— Au secours, robot! crie Ricky.

Mais il est déjà trop tard. Monsieur Moustique a enchaîné Ricky. Il se dirige vers le tableau de bord et tire sur son levier secret.

Tout à coup, le vaisseau spatial
se met à se transformer en...

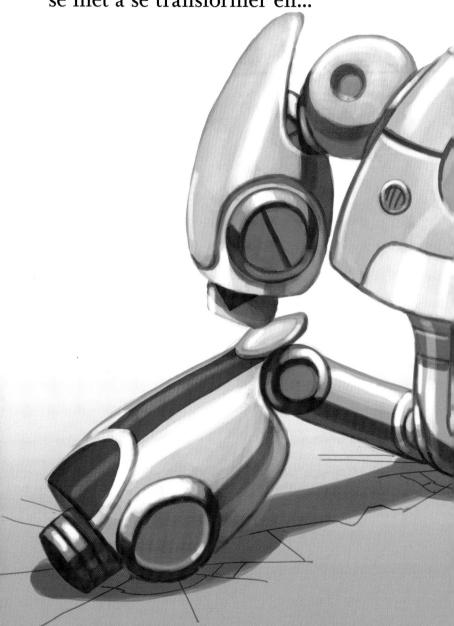

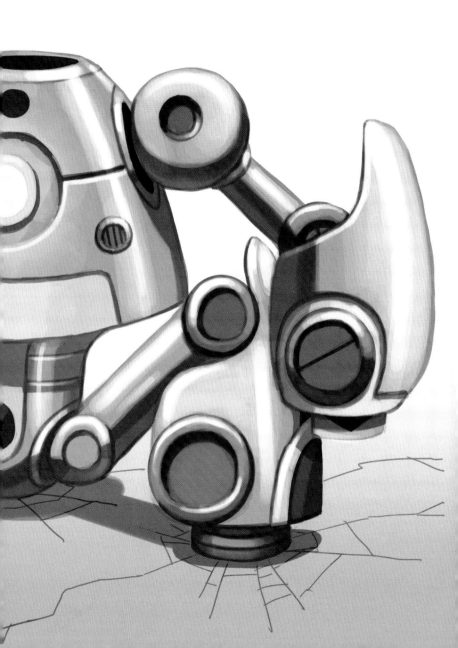

... un gigantesque...

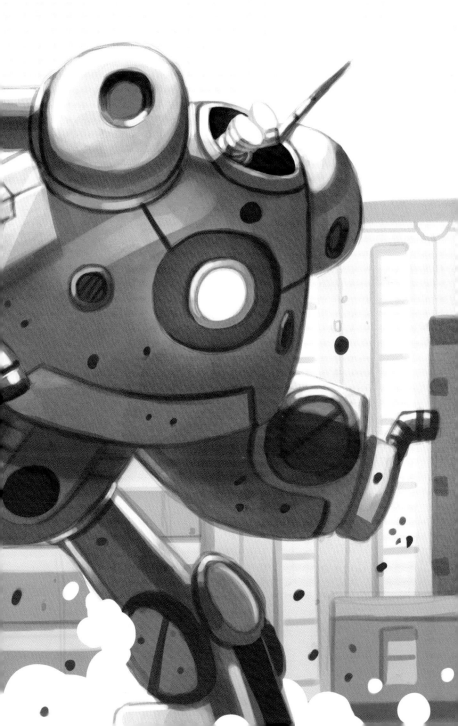

... robot-moustique!

Le robot-moustique attaque le robot géant de Ricky, mais le robot de Ricky ne veut pas se battre.

Il sait que Ricky est à l'intérieur et il ne veut surtout pas que son meilleur ami soit blessé.

Le robot-moustique frappe violemment le robot de Ricky.

Que peut faire Ricky?

Ricky réfléchit très fort. Il a soudain une idée.

— Monsieur Moustique, dit-il. Il faut que j'aille aux toilettes.

— Pas maintenant! répond Monsieur Moustique. Je suis en train de battre ton robot.

— Mais ça presse, se plaint Ricky.

— OK, OK, dit Monsieur Moustique.

Il défait ses chaînes et le conduit aux toilettes des garçons.

— Et dépêche-toi! crie-t-il.

Ricky ouvre la fenêtre de
la salle de bain et y passe la tête.
— Psitt, chuchote Ricky.

Le robot voit Ricky et lui tend
sa main géante.

Ricky saute et dit :

— Ça y est, je suis en sécurité.

Maintenant, ça va être un combat équitable.

CHAPITRE NEUF
LE ROBOT DE RICKY CONTRE-ATTAQUE

À l'intérieur du robot-moustique, Monsieur Moustique est très en colère. Il cogne contre la porte de la salle de bain.

— Allez, allez, plus vite que ça! crie-t-il. Je n'ai pas toute la journ...

PIF! PAF!
Le robot de Ricky donne un bon
coup de poing au robot-moustique
en plein dans la figure.

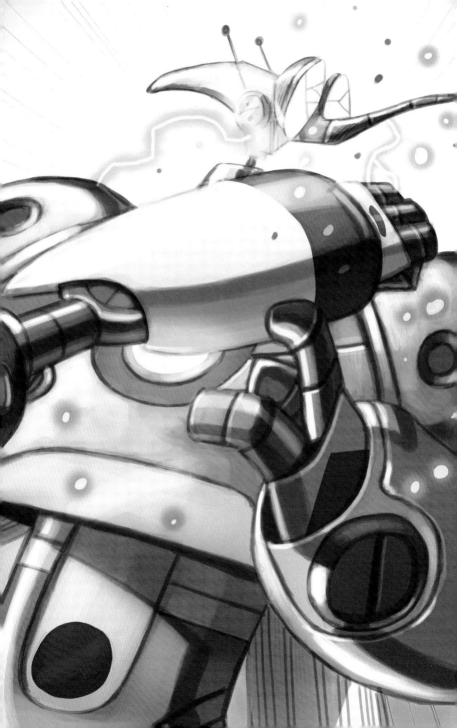

Monsieur Moustique regagne le tableau de bord et se défend du mieux qu'il peut. La bataille finale va commencer.

CHAPITRE DIX
LA BATAILLE FINALE
(EN TOURNE-O-RAMA^{MC})

O-RAMA

MODE D'EMPLOI :

ÉTAPE Nº 1

Place la main gauche sur la zone marquée « MAIN GAUCHE » à l'intérieur des pointillés. Garde le livre ouvert et bien à plat.

ÉTAPE Nº 2

Saisis la page de droite entre le pouce et l'index de la main droite, à l'intérieur des pointillés, dans la zone marquée « POUCE DROIT ».

ÉTAPE Nº 3

Tourne rapidement la page de droite dans les deux sens jusqu'à ce que les dessins aient l'air animés.

(Pour t'amuser encore plus, tu peux faire tes propres effets sonores!)

TOURNE-O-RAMA 1

(pages 97 et 99)

N'oublie pas de tourner *seulement*
la page 97. Assure-toi de pouvoir voir
les dessins aux pages 97 *et* 99
en tournant la page. Si tu la tournes
assez vite, les deux images auront l'air
d'un <u>seul</u> dessin *animé*.

N'oublie pas de faire
tes propres effets sonores!

MAIN GAUCHE

LE ROBOT-MOUSTIQUE
ATTAQUE.

POUCE
DROIT

INDEX
DROIT

98

LE ROBOT-MOUSTIQUE ATTAQUE.

TOURNE-O-RAMA 2

(pages 101 et 103)

N'oublie pas de tourner *seulement*
la page 101. Assure-toi de pouvoir voir
les dessins aux pages 101 *et* 103
en tournant la page. Si tu la tournes
assez vite, les deux images auront l'air
d'un <u>seul</u> dessin *animé*.

N'oublie pas de faire tes propres
effets sonores!

MAIN GAUCHE

LE ROBOT DE RICKY CONTRE-ATTAQUE.

POUCE
DROIT

INDEX
DROIT

LE ROBOT DE RICKY CONTRE-ATTAQUE.

TOURNE-O-RAMA 3

(pages 105 et 107)

N'oublie pas de tourner *seulement*
la page 105. Assure-toi de pouvoir voir
les dessins aux pages 105 *et* 107
en tournant la page. Si tu la tournes
assez vite, les deux images auront l'air
d'un <u>seul</u> dessin animé.

N'oublie pas de faire tes propres
effets sonores!

MAIN GAUCHE

LE ROBOT-MOUSTIQUE SE DÉFEND DU MIEUX QU'IL PEUT.

POUCE
DROIT

INDEX
DROIT

LE ROBOT-MOUSTIQUE SE DÉFEND
DU MIEUX QU'IL PEUT.

TOURNE-O-RAMA 4

(pages 109 et 111)

N'oublie pas de tourner *seulement*
la page 109. Assure-toi de pouvoir voir
les dessins aux pages 109 *et* 111
en tournant la page. Si tu la tournes
assez vite, les deux images auront l'air
d'un <u>seul</u> dessin *animé*.

N'oublie pas de faire tes propres
effets sonores!

MAIN GAUCHE

LE ROBOT DE RICKY SE DÉFEND ENCORE MIEUX.

POUCE
DROIT

INDEX
DROIT

110

LE ROBOT DE RICKY SE DÉFEND ENCORE MIEUX.

TOURNE-O-RAMA 5

(pages 113 et 115)

N'oublie pas de tourner *seulement*
la page 113. Assure-toi de pouvoir voir
les dessins aux pages 113 *et* 115
en tournant la page. Si tu la tournes
assez vite, les deux images auront l'air
d'un <u>seul</u> dessin *animé*.

N'oublie pas de faire tes propres
effets sonores!

MAIN GAUCHE

LE ROBOT DE RICKY
EST LE HÉROS DU JOUR.

113

INDEX
DROIT

114

LE ROBOT DE RICKY
EST LE HÉROS DU JOUR.

CHAPITRE ONZE
LE TRIOMPHE DE LA JUSTICE

Le robot-moustique est détruit et le robot géant de Ricky a remporté la victoire.

Monsieur Moustique sort en rampant de son vaisseau spatial endommagé et se met à pleurer.

— Ce n'est vraiment pas mon jour de chance!

— Et vous n'avez encore rien vu, dit Ricky.

Le robot géant de Ricky prend Monsieur
Moustique par le collet et le dépose dans la
prison de Ratonville.

Puis Ricky retourne chez lui avec son
robot géant pour boire du lait au chocolat
et manger des sandwichs grillés au fromage.

— Vous avez encore sauvé le monde, dit la mère de Ricky.

— Merci d'avoir combattu le mal ensemble, ajoute le père de Ricky.

— Il n'y a pas de quoi…

… les amis sont faits pour ça,
dit Ricky.

RICKY RICOTTA
ET SON ROBOT GÉANT
SONT LES MEILLEURS AMIS DU MONDE.
MAIS AVEC LES AMIS VIENNENT AUSSI
LES RESPONSABILITÉS...

Découvre ce qui se passe lorsque les parents de Ricky décident de lui inculquer le sens des responsabilités dans la prochaine aventure : *Ricky Ricotta et son robot géant contre les vautours vaudou de Vénus.*

ES-TU PRÊT AUTRE RICKY

POUR UN RICOTTA?

DAV PILKEY

a écrit et illustré plus de cinquante livres pour enfants. Il est le créateur des livres classés au palmarès du *New York Times*, *Les aventures du Capitaine Bobette*. Dav est aussi récipiendaire de prix prestigieux pour la création de nombreux albums illustrés, notamment le prix Caledott Honor Book pour son livre *The Paperboy*. Il vit dans le nord-ouest des États-Unis avec sa femme.

DAN SANTAT

est l'auteur-illustrateur de l'album *The Adventures of Beekle : The Unimaginary Friend*. Il a illustré plusieurs albums acclamés par la critique, dont *Grognonstein* de Samantha Berger. Il est aussi le créateur de la bande dessinée *Mini-Justiciers* et a travaillé sur *The Replacements*, la très populaire émission d'animation de la chaîne Disney. Il vit dans le sud de la Californie avec sa famille.